2. Auflage 1988

ISBN 3-224-11108-9 Jugend und Volk Wien

© Copyright 1986 by Jugend und Volk Verlagsgesellschaft m. b. H.
Wien—München
Alle Rechte vorbehalten.
Gesamtherstellung: C. Ueberreuter, Korneuburg.

Mira Lobe / Angelika Kaufmann

DIE YAYAS IN DER WÜSTE

Jugend und Volk Wien München

Dort, wo die Wüste an den Himmel stößt, geht die Sonne unter.
In der Schlafhöhle wachen die Yayas auf.
Tante Mimanja fährt der kleinen Totoo mit den Krallen durchs Fell.
„Gehen wir heut' nicht auf die Jagd?" fragt Totoo.
„Doch!" Tante Mimanja stellt plötzlich die Ohren auf.
Aus der Ferne kommt der Gesang des Großen Guruyaya:

„Wer ist so stark und gefährlich wie ich?
Fragt meine Feinde, sie fürchten sich.

Wer ist so mutig und hilfreich wie ich?
Fragt meine Yayas, die lieben mich.
Weil ich sie schütze, wenn sie in Not sind,
weil ich sie rette, wenn sie bedroht sind.
Hab' Tag und Nacht nichts andres im Sinn,
so wahr ich der Große Guru bin."

„Stimmt nicht", murmelt Totoo. „Wie ich gestern . . ."
„Pssst!" mahnt die Tante und hält ihr das spitze Schnäuzchen zu.

Als Totoo gestern von der Jagd nach Hause kam, sah sie im Sand einen Käfer krabbeln. Den hol' ich mir, dachte sie und lief ihm nach. Plötzlich stieg ihr Hyänen-Geruch in die Nase. Im selben Moment rauschten Flügel in der Luft. Ein Raubvogel kreiste über ihr.
Zwei Feinde auf einmal! Totoo zitterte vor Angst.
Da tauchte überraschend der Große Guruyaya auf.

„Hilfe!" schrie Totoo.
Aber der Große Guru kümmerte sich nicht darum. Blitzschnell grub er sich in den Sand — und war verschwunden.
Schon spreizte der Vogel die Krallen. Schon war die Hyäne ganz nah. Da schoß Tante Mimanja wie ein Pfeil aus dem Bau, packte Totoo und schleppte sie in die Höhle.

Alle Yayas sind Jäger.
Alle Yaya-Kinder müssen lernen:

wie man durch die Wüste streicht,
lautlos wie ein Schatten schleicht,
wie man wittert, horcht und lauert,
reglos hinterm Hügel kauert,
wie man wartet, still-geduckt,
ohne daß ein Barthaar zuckt,
sich nicht kratzt, auch wenn es juckt
nur an Jagd und Beute denkt,
bis man endlich etwas fängt.

Tante Mimanja fährt Totoo übers Fell.
„Du hast Talent!" lobt sie. „Du kannst es schon ganz gut . . ."

Der Große Guru hat ein Wüsten-Flughuhn erbeutet —
etwas ganz Besonderes.
Wenn Yayas von Leckerbissen träumen, dann träumen sie von Wüsten-
Flughühnern, und das Wasser läuft ihnen in der Schnauze zusammen.
„Ich gebe ein Festessen!" ruft der Große Guruyaya. „Und ihr seid
alle eingeladen!"

Totoo leckt sich die Lippen. „Kriegen wir auch die Eier?"
„Wo denkst du hin?" flüstert Tante Mimanja. „Die trinkt er alle allein aus."
„Ach so...", sagt Totoo enttäuscht.
Der Große Guruyaya reckt den Kopf.
„Auf zum Festessen!" ruft er. „Und jeder Gast soll ein Gastgeschenk mitbringen, nach altem Yaya-Brauch."

Sie huschen nach allen Seiten davon.
Tante Mimanja bringt eine Eidechse und Totoo einen Zweig mit gelben Beeren. Den hat sie von einem Dornenstrauch, weit draußen in der Wüste. Die gelben Beeren schmecken noch besser als die Bulbuls, die an den Wänden der Yaya-Höhle wachsen.
Ihr wißt nicht, was Bulbuls sind?

Süße, saftige grüne Knollen, gut gegen den Durst.
Die Yayas können ohne Bulbuls nicht leben.
Deshalb graben sie ihre Höhlen immer nur dort, wo es viele Bulbuls unterm Wüstensand gibt.
Und **NIE** dürfen Bulbuls ratzeputz aufgefressen werden! Sonst wachsen sie nicht nach, und die Yayas müssen verdursten . . .

So ein herrliches Fest hat es noch nie gegeben.
„Greift zu!" ruft der Große Guruyaya. „Stopft euch die Bäuche voll!"
Er breitet vor Begeisterung die Pfoten aus.
Er ist der beste Gastgeber der Welt.
„Greift zu! Freßt alles auf! Freßt das Huhn und freßt die Bulbuls, freßt, so viel ihr wollt!"
Tante Mimanja sträubt entsetzt das Fell:

„Um Himmels willen! Was redet er denn da . . .?"
Die Yayas stürzen sich auf das Huhn. Sie stürzen sich auf die Bulbuls.
Sie knuspern und knabbern, sie schlürfen und schlabbern,
sie schlecken und schmatzen und lecken die Tatzen —
bis alle Bulbuls ratzeputz aufgefressen sind.
Totoo schaut sich um. Die Höhle sieht ganz fremd aus.
Nichts als kahle Wände.

Das Fest ist aus.
Die Yayas sind so satt und vollgefressen, daß ihnen die Augen zufallen.
Der Große Guruyaya ist auf einmal sehr still.
Die Begeisterung ist ihm vergangen.
Totoo schmiegt sich an Tante Mimanja.
„Alle Bulbuls sind weg. Was sollen wir jetzt bloß tun?"

„Die Wüste ist groß", sagt die Tante. „Es gibt noch viele Bulbuls. Man muß sie nur finden."
Schon packt sie den nächsten Schläfer und rüttelt ihn wach.
Totoo weckt den übernächsten, und schließlich hilft auch der Große Guru mit. Sie rütteln und schütteln, bis alle munter sind.
Die Yayas knurren und murren.
Widerwillig trotten sie hinter dem Großen Guru hinaus in die Wüste.

Sie wandern lange und schleppen sich durch den Sand.
Ab und zu scharren sie nach Bulbuls. Aber sie finden keine.
„Mir tun die Pfoten weh...", klagt einer.
„Vom Ballen bis zum Krallenzeh...", klagt der zweite.
Der Große Guruyaya tut, als hört er nicht. Mit der Nase am Boden läuft er weiter und rutscht plötzlich in eine Grube.
Dort wühlt er aufgeregt im Sand.
„Bulbuls!" bellt er. „Hier bleiben wir! Hier graben wir unsere neue Höhle."

Tante Mimanja schüttelt den Kopf.
„Macht er schon wieder was falsch?" flüstert Totoo.
„Der Platz liegt zu tief", sagt die Tante. „Wenn der Regen kommt, dann gibt es eine Riesen-Überschwemmung, und alle ertrinken."
„Regen?" fragt Totoo verwundert. „Woher weißt du das?"
„Das spüre ich. Es kribbelt und krabbelt in meiner Schwanzspitze."
Totoo läuft zum Großen Guruyaya.

„Meine Tante hat gesagt, daß wir hier nicht bauen sollen. Meine Tante hat gesagt, daß der Regen kommt und daß es eine Überschwemmung gibt. Meine Tante . . ."
„Unsinn!" unterbricht der Große Guru. „Es kommt kein Regen. Es gibt keine Überschwemmung. Sag das deiner Tante. Und sag ihr: Wenn sie nicht augenblicklich mitbaut, dann wird sie mich kennenlernen!"
„Aber sie kennt dich ja schon . . .", sagt Totoo und läuft zu Tante Mimanja zurück.
„Der Große Guru hat gesagt, es kommt kein Regen. Er hat gesagt, du sollst mitbauen . . ."

„Nein!" ruft die Tante. So laut, daß alle Yayas es hören. „Nein, das tu ich nicht! Ich baue keine Höhle, in der wir ertrinken. Komm, Totoo, wir gehen! Will noch jemand mit?"
Sie blinzelt zu den Weibchen hinüber.
„Hiergeblieben!" bellt der Große Guruyaya.
Er befiehlt den Männchen, eine Mauer zu machen: eine ganz feste, starke Mauer, daß niemand durchkann.
Tante Mimanja versucht es.
Totoo versucht es.
Die Männchen-Mauer ist stärker.

Noch nie, seit es die Wüste gibt, waren die Yayas so müde.
Kaum ist die Schlafhöhle fertig, da schnarchen sie schon.
Die Männchen schlafen so tief, daß nichts und niemand sie wecken kann.
Die Weibchen schlafen nicht ganz so tief.
Niemand außer Tante Mimanja hört, wie draußen der Donner rollt.
Niemand außer Tante Mimanja merkt, wie die ersten Tropfen fallen.
Und jetzt stürzt der große Regen herab.

Es prasselt und plätschert. Es gurgelt und gluckst.
Das Wasser rinnt durch die Gänge. Langsam zuerst, dann schneller.
Das Wasser strömt in die Höhle. Langsam zuerst, dann schneller.
„Wach auf, Totoo!"
Tante Mimanjas Ruf weckt die Weibchen.
Sie rappeln sich auf. Sie nehmen ihre Kinder. Sie drängen zum Höhlen-Ausgang. „Wir kommen mit", rufen sie.

Nicht weit von der Höhle steht ein Baum.
Totoo klettert als erste hinauf. Hinter ihr klettert Tante Mimanja.
Hinter Tante Mimanja klettern die Weibchen mit ihren Kindern.
„Und was wird aus den andern?" fragt Totoo.
„Sorg dich nicht, die werden schon rechtzeitig munter! Da kommen sie schon..."
Die Männchen schnaufen und prusten.
Sie paddeln und keuchen und husten.

Die Weibchen strecken ihnen hilfreich Pfoten und Schwänze entgegen.
Totoo ist noch zu klein zum Helfen.
Sie sitzt mit den andern Yaya-Kindern auf einem Ast. Sie schaut zu, wie die Mütter und Tanten die Väter und Onkel retten.
Der Große Guruyaya wartet, bis alle aus dem Wasser sind.
Erst dann nimmt er Tante Mimanjas Pfote.

Auf dem Yaya-Baum sitzen die Männchen und Weibchen beieinander.
Sie warten, daß der Regen aufhört.
Dort, wo die Wüste an den Himmel stößt, wird es schon hell.
„Wenn es erst trocken ist", sagt der Große Guruyaya,
„dann wandern wir weiter und bauen uns eine neue Höhle."

„Mit Bulbuls?" fragt Totoo.
„Mit Bulbuls!" sagt der Große Guru.
„Ohne Überschwemmung?" fragt Totoo.
„Ohne Überschwemmung!" sagt der Große Guru.
„Eine Yaya-Höhle, wie Tante Mimanja sie will?" fragt Totoo.
„Genauso eine!" sagt der Große Guru.